AF426320

Laura Botti

Gli uomini sono fatti di zucchero

La bellezza di esistere, incontriamoci con il nostro io interiore

Il giardino della cultura

ISBN 9791280893338
Titolo: Gli uomini sono fatti di zucchero
Autore: Laura Botti
Prima edizione: Febbraio 2023
Editore: Il Giardino della Cultura, Via Liperoti 11, 88900 Crotone (Italia)

Dedico questo libro ai miei figli Naike e Marco, grazie ai quali ho incominciato a vedere senza pregiudizi, ho osservato il mondo da altre angolazioni e prospettive e in particolare ringrazio Marco che mi ha spronata a proseguire e ha raccolto tutte le mie bozze.
Ringrazio infine Alessandro, mio marito, che mi sostiene e ripone quotidianamente la sua fiducia in ogni mia idea.

Ci sono anime, che io chiamo anime erranti, perché qui, in questo mondo non troveranno mai niente che le appaghi, ma non per superbia, ma forse, perché è talmente grande il loro vuoto che non c'è niente di così immenso che possa colmarlo.

Charles Baudelaire

PREFAZIONE

Lo zucchero è una sostanza cristallina, costituita da tante piccole particelle ed è nella coesione di tutti i suoi cristalli che diventa amabile.

Nel momento stesso in cui perde la sua forma solida e si scioglie, raggiunge la massima dolcezza e diffonde la sua delizia amalgamandosi con le altre sostanze.

Questo scritto nasce da un travagliato periodo esperienziale personale ed è frutto di una continua ricerca e del mio avvicinamento al mondo della meditazione.

La stragrande maggioranza delle citazioni qui trascritte in corsivo e delle frasi condensate in questo libro, titolo compreso, le ho riportate così come mi sono state trasmesse durante la meditazione da Spiriti Evoluti o Maestri, Guru Spirituali: esseri pieni di spirito e amore che mi hanno trasmesso pensieri e riflessioni. Il loro modo di comunicare è imperativo ma al contempo dolce e amorevole. Non c'è ombra di dubbio in quello che comunicano.

Durante la meditazione assapori una piccola parte di quell'amore infinito e diventi consapevole di qualcosa che prima non sapevi, lo sai e basta.

Ho tentato di non dar seguito alla richiesta di questi Maestri di consapevolezza di scrivere e commentare le loro citazioni, ma essi hanno continuato ad esortarmi affinché la creazione di questo breve testo potesse avere luogo.

Non ho mai amato essere al centro delle attenzioni, sono più da ultima fila in fondo, e loro con affermazioni che ti arrivano dritte al cuore mi hanno sussurrato che è proprio questo il motivo per il quale confidano in me.

Queste informazioni devono essere comunicate senza notorietà per chi le scrive. Le persone devono sapere che la loro vita ha uno scopo ben preciso e nulla è lasciato al caso.

Mi auguro con tutto il cuore di essere stata almeno in parte all'altezza di questo non facile compito.

Sono speranzosa di avervi, anche solo un po' resi curiosi, poiché da questo momento siete attesi, la volontà di accrescimento interiore e di incontro con il divino dipenderà da voi, le porte sono sempre aperte.

INDICE

PRIMO CAPITOLO

OCCHI NUOVI

Per catturare la vostra attenzione avrei potuto iniziare questo libro con una storia di fantasia... invece parlerò del soffio tiepido del vento quando vi scompiglia i capelli, quando scuote le fronde degli alberi, quando il suo impeto increspa con vigore le onde del mare facendole infrangere vorticosamente sugli scogli. Quanta bellezza!

Vi racconterò della stupefacente armonia dei fiori dai mille colori e del loro inebriante profumo, quanto sono belli e come stanno bene insieme. Quanta gioia ci procura vedere un enorme distesa di sgargianti colori, vicini uno all'altro, che si muovono all'unisono e quanta energia portano nelle nostre case le piante e i fiori quasi come avessero il potere di colorare e rallegrare le nostre abitazioni.

Per non parlare del loro magico aroma, pensiamo al tiglio per esempio, vorremmo catturarne il dolce profumo e liberare la sua inebriante essenza durante i lunghi e freddi giorni d'inverno, così da rammentarci che la primavera è alle porte.

Che dire poi del potere rassicurante che ci procura la sabbia calda quando arriviamo in spiaggia e possiamo sprofondare le dita dei piedi nei piccoli e rugosi granelli, non è esaltante?

Vi racconterò anche della dolce carezza del sole sulla pelle, sentire e percepire quei tiepidi e timidi raggi di inizio primavera.

Svegliarsi la mattina e assaporare un nuovo giorno, godersi i pomeriggi colmi di attività ma anche quelli tediosi.

Parliamo poi dei tramonti, momenti magici intrisi di mille sfumature purpuree, molti artisti hanno tratto da essi l'ispirazione per le loro opere.

Le notti ristoratrici, piene di stelle e la luna, nostra confidente da tempi atavici e sempre pronta ad ascoltarci con materna pazienza.

Narrerò della bellezza del sorriso dei bambini, del profumo della loro pelle delicata, dei loro occhi pieni di stupore; della gioia che ci procura la vista e il tocco di un animale, di un gatto che si lascia accarezzare, di un cane che ci riporta scodinzolante un pezzo di legno o un giocattolo, ci lasciano senza parole.

Meravigliatevi del battito d'ali di una farfalla dai colori accesi; delle montagne innevate e silenziose, del lento cadere della neve e dei suoi candidi e spettacolari fiocchi dalle forme fantasiose e bizzarre.

Inebriatevi del profumo delle lenzuola fresche di bucato e della meravigliosa fragranza del pane appena sfornato; delle emozioni che accompagnano la memoria dei nostri viaggi, gli odori e i colori di terre lontane, ricordi meravigliosi che portiamo sempre con noi e che sono così variegati da risultare difficili da descrivere.

Odori del passato, di luoghi dove siamo nati e cresciuti, profumi della nostra infanzia e dei quali abbiamo ancora vivido il ricordo.

I rumori, i suoni delle città, quel brusio sordo e ovattato al quale ci siamo quasi abituati e che riesce ad infonderci un'insolita sicurezza.

Parleremo di tutte le nostre piccole e sane abitudini quotidiane, quelle senza le quali non riusciamo a carburare e che ci fanno star bene, il caffè del mattino, per esempio, con il suo aroma inconfondibile e irrinunciabile.

Potrei continuare a descrivervi le infinite cose che gravitano attorno a noi ogni giorno, alle quali ci siamo talmente abituati da non riuscire più a vedere, piccole, grandi cose che i nostri occhi annebbiati dal superfluo non riescono più a scorgere, in realtà sono stupefacenti e dobbiamo essere grati di tutto questo.

Ogni istante passato a osservare e ad assaporare quello che ci circonda è un momento di sano benessere per lo spirito e per il corpo.

Che dire poi dell'arte in ogni sua estensione e forma: la letteratura, la poesia, le opere, ogni singola espressione interiore che si concretizza e si materializza diventando tangibile e visibile al mondo. I quadri e le sculture dove la passione dell'artista a colpi di pennello e scalpello dona forma e vita alle sue opere immortali.

Le invenzioni, i cambiamenti, le opinioni, le forme di pensiero, la vita in ogni sua sfaccettatura ed evoluzione.

Sono grata ogni giorno per le persone che ho conosciuto, per chi mi ha amato, per chi mi ha amato un po' meno ma ha comunque contribuito a insegnarmi qualcosa.

Vi parlerò costantemente di infinita gratitudine e vi esorterò a essere grati di ogni singola cosa; emanate gratitudine ovunque, anche in un contesto dedicato solamente a voi, come per esempio un posto che amate.

In montagna, al mare, sotto un cielo stellato, nel bosco, in casa, questo posto magico sarà sempre con voi. Provate a immaginarvi lì e pensate a tutte le cose per le quali potete essere grati, gioite di tutto quello che avete, gioite per ogni cosa che vi circonda, osservatela con occhi pieni di stupore e meraviglia perché il senso della vita sta nella felicità e nell'amore che riceviamo da tutto questo.

"Abbiamo bisogno di dare forma alla mente per poter sentire il nostro corpo. Impariamo a percepirci attraverso le sensazioni. Noi siamo mente, pensieri che si attuano attraverso un corpo e non il contrario. Da quel momento inizia la magia, da quel momento inizia la conoscenza."

Ho scritto di numerose cose illustrandovi nel dettaglio tutto quello che può fare la differenza in una giornata triste, noiosa o peggio. In realtà vi ho parlato di cose assolutamente ovvie che ci sono sempre state ma che i nostri occhi saturi di altri interessi hanno smesso di vedere.
Vi svelerò un piccolo segreto che porto sempre con me, quando sono abbattuta e di malumore torno al mio personale luogo di serenità. Vivo sotto un cielo pieno di stelle, lì mi sento sicura, mi rassereno e sento amore profondo pervadere la mia anima e lo spazio intorno a me. Quando sono carica e questa energia scorre nelle mie vene come linfa vitale, torno alla vita di tutti i giorni con più entusiasmo e armonia. Ognuno di voi può avere il suo spazio, il suo rifugio, il tempio ristoratore per la sua anima.
Ci hanno talmente abituati a vedere il grottesco che abbiamo dimenticato come il bello sia tutto intorno a noi ed esista lì da sempre solo ed esclusivamente per la nostra gioia.
"Vedo troppa bellezza e ne ho quasi paura. Esiste un amore così grande e avvolgente che tutto il resto scompare."

SECONDO CAPITOLO

L'IRRAGGIUNGIBILE CAVERNA DELLE MERAVIGLIE

Vedendo una piccola farfalla spaesata posarsi a terra, cogliendone tutta la sua freschezza le scatto una foto e mi accingo a scrivere per continuare a raccontarvi della bellezza e del suo significato più profondo.

Mi chiedo… perché ci siamo allontanati, stancati e disinnamorati della vita? Quali sono le promesse che ci ha fatto e non ha mantenuto?

Domanda complessa ma più che mai attuale tanto al giorno d'oggi così come in passato. Che cosa ci ha reso ciechi, sordi, cinici?

Per prima cosa desidero fare una premessa, noi fondamentalmente ci sentiamo soli, abbandonati nella vita di tutti i giorni, nella malattia, nel dolore e in ogni sorta di vicissitudine che attraversa la nostra esistenza all'apparenza priva di significato.

Dall'abbandono ne derivano tutta una serie di comportamenti consolatori che mettiamo in atto ogni giorno, un vero e proprio assalto alla caverna delle meraviglie, a tutte quelle cose effimere che ci illudiamo di ottenere e di avere ma che non sono altro che illusioni.

Il mondo mediatico è il nostro più grande cruccio, un vero e proprio bombardamento di notizie e immagini. Il mondo virtuale ci pone quotidianamente a confronto con una realtà patinata e inesistente.

Da questo oceano di illusioni ne usciamo quasi sempre sconfitti e amareggiati, spesso ci poniamo delle aspettative troppo elevate e non siamo mai sufficientemente soddisfatti di ciò che possediamo. Questa mancanza di equilibrio tra le nostre aspettative e la realtà di tutti i giorni crea problemi di ogni tipo, dipendenze, psicosi e nevrosi incalzanti che condizionano la nostra vita sociale e privata.

Mettiamo in atto ogni tipo di strategia per riempire il nostro vuoto interiore che pare incolmabile.

Cerchiamo surrogati e totem affettivi, placebo che tamponano il nostro vuoto esistenziale, miriamo al successo, alla popolarità attraverso i social, vogliamo essere qualcuno in questa vita, nutriamo i nostri ideali insaziabili cercando consensi negli altri.

Vogliamo di più, più soldi, più visibilità, più potere, più successo, di più e ancora di più.

Non ci rendiamo conto che stiamo nutrendo solo il nostro smisurato Ego.

La filosofia buddhista alla quale mi sono recentemente avvicinata mette ampiamente in evidenza il malessere causato da un Ego fuori controllo.

Vi suggerisco, qualora voleste approfondire questo argomento, di affrontarlo senza portarvi dietro condizionamenti o stereotipi derivanti dalla vostra religione di appartenenza.

La frustrazione generata dal non sentirsi mai pienamente compatibili con il mondo del benessere crea in noi un senso di vuoto, di abbandono, al quale si sommano gli immancabili sensi di colpa che pare siano talmente radicati e profondi in noi da non consentirci di guardare oltre.

Sensi di colpa atavici che dominano le nostre scelte, bendano i nostri occhi, limitano i nostri pensieri e sono così radicati in noi da farci diventare intolleranti e intransigenti con gli altri.

In psicologia direbbero che mettiamo in atto delle difese d'opposizione fobica, ossia che erigiamo barriere ancora prima che le cose accadano. In questo modo ci autoescludiamo e diventiamo ancora più severi con noi stessi e con chi ci circonda.

Chiediamoci da cosa derivano i nostri sensi di colpa, guardiamoli in faccia e perdoniamoci. Non abbiamo bisogno di loro, ci tengono fermi e non ci permettono di guardare oltre, non ci fanno crescere ed evolvere spiritualmente, ci autocommiseriamo senza validi motivi cercando appagamento nelle cose materiali, alimentando solo la nostra frustrazione.

In questo capitolo ho volutamente esacerbato alcuni comportamenti che condizionano ampiamente il nostro modo di vivere, l'umanità non è tutta orientata in questa direzione fortunatamente, ma avendo provato io stessa insoddisfazione e malessere in alcuni momenti della mia vita, ho sentito il bisogno di parlare del disagio che tali sentimenti negativi possono provocare nel nostro quotidiano.

Le cose che descrivo sono finestre di uno spaccato sociale che inquadrano la realtà in cui viviamo ma noi nasciamo ora, in questo momento, senza colpe, né peccati irrisolti.

"Il nostro agire è il riflesso della nostra anima e dei nostri pensieri. Facciamo entrare la luce nella nostra mente, illuminiamola di dolcezza, inondiamola di amore e di attenzioni. Più siamo in armonia con noi stessi più saremo in armonia con gli altri "

TERZO CAPITOLO

PERDONIAMOCI E PERDONIAMO

Il perdono e il perdonarsi sono atti d'amore potenzialmente inconciliabili con la vita di tutti i giorni, infatti, ci procura dolore l'idea di passare sopra ad azioni deplorevoli e distruttive che in qualche modo hanno danneggiato la nostra vita.

Il dolore aumenta con il ricordo, con il pensiero fisso e costante dell'accaduto; tuttavia, l'unica strada per andare oltre e progredire è la comprensione. Capire che l'altra persona ha un proprio vissuto e ha i motivi più svariati per essere quella che è, ci permetterebbe di assorbire i suoi limiti e le sue fragilità, non la giustificherebbe ma potrebbe aprirci alla profonda comprensione della realtà dell'altro che è sicuramente diversa dalla nostra.

È vero, un vissuto difficile può fare la differenza nel presente delle persone rendendole ostili e aggressive, ma un atto d'amore e di perdono nei loro confronti potrebbe permettere concretamente di porci le giuste domande anche su noi stessi.

Di fronte a un atto di violenza deliberato, l'uomo è consapevole di meritare una punizione, ma è nel non condannarlo che gli permettiamo di elaborare le sue azioni e il suo operato.

Paradossalmente se analizzassimo bene i nostri pensieri e le nostre paure potremmo sostenere che prendono origine dal nostro passato emozionale, dall'educazione che abbiamo ricevuto e ancora prima, da secoli di storia dove l'indottrinamento religioso ha regnato sovrano. Premio e punizione, Paradiso e inferno.

Il nostro stesso costrutto sociale si è formato su stereotipi e giudizi assolutamente avulsi e privi di significato.

Millenni di storia dove barbarie e scempi venivano perpetrati in nome di un Dio che prevedeva morte e punizione per chi non era allineato con gli insegnamenti religiosi.

Ere oscure dove tutto era considerato eresia e dove la verità veniva sepolta sotto strati di proselitismo e indottrinamento suggellato dall'ignoranza delle masse che spaventate e oppresse obbedivano e si nascondevano.

No, il Creato non è questo. Dio, il Padre, la Luce, la Verità, l'Onnipervadente non è mai stato questo. Non è colui che per anni ci hanno fatto credere. Non è punitore, non ha in serbo l'inferno per i cattivi.

Mi dispiace per tutti quei fedeli, servitori e seguaci delle religioni, per tutti quegli uomini di fede senza ombra di peccato che fino alla fine hanno sperato di veder cadere giù nel baratro chiunque non la pensasse come loro, chiunque fosse diverso dalla loro concezione di normalità.

Mi dispiace per voi che avete sperato in una giustizia devastante e armata, capace di dividere i giusti dagli empi, gli eletti dai diversi.

Mi dispiace perché, purtroppo per voi, non avete guadagnato un posto in "Paradiso", ma vi siete inariditi nella certezza della vostra verità. Vi dico una semplice cosa per farvi riflettere: "chi è nella verità non ha paura, la verità è Amore!"

Quindi basta nascondersi, basta riluttanze, frasi non dette, basta anteporre rituali alla verità. La verità non si può mistificare, non si può nascondere.

Aprite le porte delle vostre chiese sepolcrali perché l'umanità ha bisogno di capire, ha bisogno di esempi forti, concreti; l'uomo non necessita di gente che prega e non agisce.

L'umanità deve essere accompagnata al cambiamento attraverso l'esempio di persone illuminate che operino in nome dell'amore.

L'amore si deve manifestare senza paure, senza riserve, senza porte chiuse. La fede non prevede una casta di pochi eletti cristallizzati nelle loro preghiere e nei loro rituali senza significato. L'uomo deve conoscere la verità e la verità è amore.

"L'amore è energia, non lo puoi condizionare, non lo puoi materializzare, non lo puoi imbrigliare nell'effimero. Esso è verità assoluta non è confinabile. Nasciamo per contemplare l'eternità che è pregna di amore e compassione."

Opporsi al cambiamento "perché io sono fatto così", non porta a nulla. Anche il ramo è un semplice pezzo di legno poco prima di ricoprirsi di meravigliosi fiori colorati.

In questo contesto sociale sentiamo l'esigenza di confrontarci con i nostri simili, abbiamo la libertà di poterci esprimere in pubblico in merito ai nostri ideali. Grazie alle moderne tecnologie possiamo esternare i nostri pensieri sui social e nonostante questo ci sentiamo soli, lontani dai nostri inarrivabili ideali, lontani dai nostri mancati successi.

Schiudiamo le nostre menti, affinché possano aprirsi al cambiamento, alla comprensione e all'inaspettato. Non mimetizziamoci in una società morente e cinica ma cerchiamo piuttosto di essere fonte di ispirazione con i nostri personali colori dell'anima che sono quelli che ci caratterizzano. Come cita una celebre frase del Dalai Lama: "Apriamo le braccia al cambiamento ma non lasciamo andare i nostri valori".

Oggi conosciamo gli sbagli e le omissioni che la storia ci ha raccontato e siamo pervasi da un grande senso di vuoto.

Lasciamo andare il pesante fardello del passato, lasciamo andare ogni cosa e iniziamo la risalita attraverso un sano e introspettivo perdono verso noi stessi e poco per volta impariamo a perdonare anche gli altri.

QUARTO CAPITOLO

IL DISTACCO

"Il distacco dalle cose futili e materiali è necessario, ma la permeazione con il Creato è anch'essa necessaria. Ogni nostra particella viene sublimata dall'essenza; il nostro individualismo scompare nell'unità del Creato,
non c'è separazione alcuna se la nostra Essenza è intrisa di Luce e Spirito, diventiamo un tutt'uno in Esso. Percepiamo la grandezza dell'Amore attraverso questa simbiosi.
È una compenetrazione, noi siamo lo Spirito quindi non c'è fusione, è semplicemente un ritorno a casa."

Già... noi siamo lo Spirito.
Giacché questo è il nostro stato reale e non sono solo io a dirlo ma anche tutte le religioni da secoli, entriamo in contatto con il nostro vero sé interiore. La nostra coscienza interiore (tanto citata da Jung e numerosi psicologi nei loro scritti) deve manifestarsi a noi prima o poi attraverso un risveglio. Il risveglio è mosso dal desiderio, dalla ricerca assoluta della verità.
Più siamo alla ricerca di risposte, più le risposte arrivano.
A questo punto mi viene spontaneo citare un celebre e quanto mai calzante proverbio buddhista che dice "Quando l'allievo è pronto il Maestro appare".
Accadrà proprio questo, quando saremo annoiati, amareggiati, delusi e disperati tanto da toccare il fondo e il nostro mondo si sarà sgretolato, inizieremo a vedere un piccolo spiraglio di luce. A quel punto percepiremo una mano protesa, un appiglio che non ci permetterà di sprofondare ulteriormente, ma dobbiamo desiderarlo con tutte le nostre forze. Probabilmente piangeremo, non riusciremo a sentirci degni di quell'amore infinito che incomincerà a pervadere la nostra essenza.
Piangeremo lacrime dapprima di disperazione e poi di gioia. Da quel momento non saremo mai più soli, avremo stabilito il contatto, la scintilla di luce che ci permetterà di iniziare a vedere oltre il buio.

"Se ciò che non vediamo è... allora abituiamoci a non vedere".

Da quel preciso momento in poi le cose che ci circondano avranno tutta un'altra valenza. Il senso della vita inizierà ad avere un altro significato.

Potremmo accorgerci improvvisamente che le cose che abbiamo sempre bramato e per le quali avremmo anche speso una fortuna, sono diventate inconsistenti, non ci interessano più così tanto. Potremmo aver bisogno di dedicare meno energia a mille futili passatempi per addentrarci in quel luogo "magico" che è in noi e dal quale attingiamo vitalità e benessere.

Potremmo capire che il "distacco" dalle cose materiali non è poi così doloroso perché comunque ci dà leggerezza e senso di libertà.

Buddha diceva: *"Se vuoi volare rinuncia a tutto ciò che ti pesa"*, infatti, non è necessario rinunciare a tutto, ma dobbiamo dare il giusto valore alle cose.

Sentitevi principalmente liberi nello spirito, ricordatevi che niente su questa terra ha il potere di rendervi felici se non vedete oltre.

"L'anima non procede in linea retta, e neppure cresce come una canna.
L'anima si schiude come un fiore di loto dagli innumerevoli petali."
- Gibran -

Gesù ci aveva iniziati a una sorta di rivoluzione spirituale, aveva parlato di Perdono, di dono di sé agli altri, ma l'uomo non era pronto allora come non lo è adesso.

Gli argomenti spirituali li riteniamo prerogativa della religione ma non è assolutamente così.

La rivoluzione interiore la mettiamo in atto noi, passo dopo passo, nel momento stesso in cui riusciamo a percepire la nostra vera essenza.

Noi non siamo un corpo, abbiamo un corpo, così come possediamo le cose materiali di cui amiamo circondarci, ma in realtà siamo Spirito, è quella la nostra vera natura, siamo Spirito spogliato di tutto il contorno inutile.

Siamo luce intrappolata in un contenitore deperibile. Sì, il nostro corpo ha una data di scadenza, quindi non dedichiamogli troppe energie, usiamolo per realizzare esperienze di vita, senza timore e senza dimenticare che prima o poi lo dovremo lasciare.

Sperimentiamo la vita, siamo Spirito con un corpo, diamo il giusto peso e la giusta misura alle cose che possediamo e lasciamo espandere ciò che siamo, poiché lo Spirito è frutto dell'amore divino e come tale non ha tempo e non ha confini. La sua espansione è direttamente proporzionale alla nostra capacità di amare e di comprendere.

QUINTO CAPITOLO

A PICCOLI PASSI VERSO LA MEDITAZIONE

La caduta in un certo qual modo è necessaria alla nostra risalita, la rovina ci permette di ricostruire. Come la fenice rinasciamo dalle nostre ceneri, ma è fondamentale sapere a chi chiedere aiuto affinché la rinascita avvenga.
"Chiedete e vi sarà dato", diceva Gesù.
Ma come si fa a chiedere? Come possiamo ascoltare le risposte ai nostri quesiti? Chi ci assicura che qualcosa o qualcuno sia lì ad ascoltarci e a prendersi cura di noi? Spesso le nostre azioni ci colpevolizzano e ci congelano nella frustrazione e crediamo di non meritare alcun riscatto, ma non è così.

"Abbiamo bisogno di perderci per ritrovarci, dobbiamo smarrire dolcemente le nostre certezze per aprirci a nuovi sconfinati e inimmaginabili orizzonti!"

La domanda giusta è: "che cosa abbiamo da perdere?" Se la risposta che ne consegue è niente, se la disperazione in noi è grande e il desiderio di conoscenza è incalzante, allora, poniamo all'universo i nostri interrogativi abdicando dalle certezze che ci impediscono di evolvere spiritualmente.
Per imparare ad ascoltare dobbiamo tacere e rilassarci, quando siamo ricettivi verso il nostro interno lo siamo anche verso tutto ciò che ci circonda.
Il nostro io egoico scompare e diventiamo un "noi" amorevole e consolatore. Naufraghiamo senza timore e senza meta in un luogo puro dove il tempo non esiste. Contempliamo scevri da ogni pensiero.
Non dobbiamo avere fretta, cerchiamo il nostro luogo ideale, facciamolo diventare il nostro "Tempio", quel rifugio dove ci sentiremo al sicuro e dove inizieremo il nostro viaggio interiore.
Probabilmente potremmo percepire dolore, tristezza e sconforto, ma non preoccupiamoci, lasciamo sgorgare fuori tutto quello che ci affligge e non vergogniamoci di sentire emozioni così forti.
Piangeremo lacrime dapprima di amarezza e poi di gioia.
Facciamolo tutti i giorni come fosse una vera e propria cura, abbiamo bisogno di ritrovarci e di essere sanati profondamente.

In questi momenti potremo metterci all'ascolto di musica rilassante che a poco a poco, attraverso la contemplazione meditativa, ci aiuterà a rimarginare quelle ferite che ci hanno portato a cadere rendendole anche meno dolorose.

Sentiremo intorno a noi e dentro di noi un amore tangibile, consolatore, comprensivo e illuminante che non solo ci farà sentire amati nel profondo ma ci darà così tanto da permetterci di trasmettere questa totalità anche al di fuori di noi, a tutti coloro che vorranno ascoltarci.

L'energia divina ha un potere assoluto, è essenza che nutre dall'interno ogni nostra cellula, ci sentiremo letteralmente sciogliere in essa, sprofonderemo per poi risalire, sanati, stupiti e mai più soli.

Questa energia latente in ogni essere umano è divina ma è quiescente, conosciuta nell'induismo con il termine di Kundalini; non se ne parla solo nell'Induismo, anche Gesù, come è citato nel Nuovo Testamento, parla del *"Consolatore, lo Spirito Santo che il Padre manderà nel suo nome e insegnerà ogni cosa e ci ricorderà tutto ciò che il Cristo ci ha detto."* Giovanni 14-26.

Lo Spirito Santo non annuncia cose nuove ma ci ricorda che non siamo mai soli. Ci sprona ad agire, a meravigliarci e ci dona amore e verità assoluti. Grazie a questa Energia Spirituale non abbiamo più bisogno di nulla, siamo in contemplazione della Meraviglia.

Il nostro spirito vibra all'unisono con il Creato e con l'Universo.

Cosa ci offre la Meditazione? Risposte universali, conoscenze che non si apprendono dai libri, amore totale verso ogni cosa intorno a noi e comprensione verso le altre persone. Ma soprattutto il dono più prezioso che l'uomo da solo non è in grado di elargire, il dono del perdono. Sì, perdonare è un dono della Grazia, senza questa profonda capacità di comprensione e di compassione che ci arriva dal Divino, l'uomo non sarebbe in grado di perdonare né se stesso, né gli altri.

Vi chiedo di provare e vi riporto alla domanda di premessa che ci siamo posti all'inizio del capitolo: "che cosa abbiamo da perdere?"

Potremo leggere tutti i libri di questa terra, ma le risposte che stiamo cercando ci arriveranno solo dall'esperienza diretta che faremo, che sarà solo nostra perché ognuno di noi ha necessità e tempi diversi di comprensione e di abbandono all'universo.

La Kundalini nel momento in cui si ridesta ci accompagna sempre e ci permette di mantenere viva quell'unione tra noi e il Creato, tra noi e il tutto, della quale diventiamo sempre più coscienti.

Atman is Brahman, la coscienza individuale si fonde e si unisce alla coscienza universale. Sono due termini induisti che calzano perfettamente e ci spiegano come il nostro sé individuale "Atman" durante il processo di introspezione diventa un'unica cosa con il "Brahman" che è il Tutto.

Da questo si può dedurre come tantissime persone, soprattutto in passato, dedite alla meditazione e alla ricerca del sé, si siano chiuse nel "giardino della felicità", si siano allontanate da tutto ciò che procurava loro turbamento, ad esempio dal confronto con gli altri, per paura di non essere comprese o addirittura di essere perseguitate.

La storia e il contesto geografico in cui i primi asceti sono nati spesso non ha permesso loro di esprimere apertamente questi pensieri e queste rivelazioni. Ancora oggi in alcune società sono più importanti i dogmi e le regole scritte secoli fa rispetto al vissuto sensazionale e rivelatore che ci può essere offerto dalla nostra crescita interiore. Tutto questo ha fatto sì che tante persone "illuminate" si siano nascoste al mondo in una condizione di ascetismo vocazionale.

"L'anacoreta è solo ma non è mai in solitudine, vive in continua e profonda interazione con l'universo dal quale attinge insegnamenti e linfa vitale."

SESTO CAPITOLO

L'INDIVIDUALISMO È NEMICO DELLA COMPRENSIONE

L'uomo ha bisogno di Dio, ma al tempo stesso lo rifugge perché lo incolpa di una vita segnata, triste e misera; ignora che attraverso la via tumultuosa e difficile avviene la comprensione.

L'uomo ha bisogno di essere modellato e forgiato, può vivere sentimenti folli e contraddittori ma deve appassionarsi; deve smarrire se stesso, per poi ritrovarsi nella consapevolezza. Solo allora in lontananza apparirà qualcosa di inaspettato, qualcosa di mai provato, vedrà se stesso stremato dalla durezza della vita, umiliato, inginocchiato e finalmente potrà prendersi cura di sé, rinfrancarsi senza chiedersi nulla in cambio. Ringrazierà il suo sé interiore per essersi arreso alle sue cure; buono, crudele o desolato che sia, si amerà.

Quello che proverà sarà un amore mai sperimentato prima. Si schiuderà una finestra piena di grazia per quella creatura, capirà che quel minuscolo, piccolo individuo ha un bisogno smisurato di compassione.

Finalmente comprenderà che non è solo, che la bellezza intorno a lui, seppur silente, pullula di vita e incomincerà a vedere.

Il cieco incomincerà a vedere e approccerà la vita con occhi nuovi.

L'uomo non è più solo spettatore ma è chiamato in causa come parte del Tutto.

Siate fieri delle vostre cicatrici, mostratele senza vergogna. Siate orgogliosi delle vostre imperfezioni, non tentate di coprirle o nasconderle, voi siete quello che siete ed evolverete grazie a loro.

L'uomo ha bisogno di accrescere se stesso attraverso una profonda e matura accettazione e conoscenza di sé e delle proprie fragilità, solo allora permetterà al proprio io interiore di evolvere nella conoscenza e nella saggezza. Una saggezza che non mortifica, che non umilia, che non ammette sopraffazione sull'altro, ma aumenterà la sua capacità di comprendere e attraverso la comprensione avverrà un'evoluzione spirituale individuale e collettiva.

Dobbiamo poter fuggire da noi stessi, liberandoci dai nostri pesi emotivi, da tutte le responsabilità, dalle afflizioni, dal passato, dal lavoro, dallo scorrere del tempo... fermiamoci!

Non siamo più nessuno, non dobbiamo più dimostrare niente, il nostro ego e la nostra individualità perdono di significato.

Non dobbiamo avere torto o ragione, diventiamo a poco a poco un tutt'uno con ciò che ci sta intorno, iniziamo a respirare quello che ci circonda, sentiamo i profumi, vediamo i colori, percepiamo le sensazioni sulla pelle e lo spazio intorno a noi.

Rinasciamo in quell'istante con occhi nuovi e contempliamo. L'estasi che ne consegue è catartica.

Diveniamo al tempo stesso maestri e allievi di noi stessi e degli altri con umiltà, poiché nella vera umiltà c'è apprendimento e saggezza.

A questo punto è facile dedurre che più ci uniamo al Divino più l'individualità scompare.

Siamo tutti gocce del Suo Oceano d'Amore.

SETTIMO CAPITOLO

L'AMORE È COMPASSIONE

"L'amore si nutre di amore."

L'amore è contemplazione, è ascolto, è beatitudine, è delizia, è compassione, è dono di sé.

"L'odio, la rabbia, la prevaricazione non appartengono più a chi si è sublimato d'amore e li ha sconfitti con lo Spirito. Lo Spirito è verità, è Amore assoluto! La battaglia avviene qui nello stato fisico, dove i sentimenti negativi hanno più forza."

Quando l'uomo sconfiggerà odio, rabbia e ogni altra forma di prevaricazione attraverso la compassione, allora sarà in grado di attingere l'amore che gli è necessario dall'Energia universale.
L'uomo non è mai solo a combattere i suoi demoni, ma è parte del tutto, deve solo prenderne coscienza.
L'Uomo non può fare a meno di amare, per quanto ci si senta tristi e impotenti noi dobbiamo comprendere il significato profondo della vita, che non è sopravvivere, non è andare avanti ma è amare senza cedimenti. Amare ogni singolo momento e dedicare a quell'attimo meraviglioso ogni nostro pensiero.

"L'amore si modifica, evolve e diventa sempre più compassionevole, cresce e si perfeziona. Questo è il nostro scopo, questo è il nostro raggiungimento, non una fine ma un inizio.
L'istante che dura in eterno. Non perdiamo lo stupore del fiore che sboccia interessandoci al mazzo di fiori che potremmo comporre domani, godiamo con tutto il nostro essere l'incanto del fiore che sboccia."

"Compassione" ...quale profondo significato potremmo attribuire a questa parola? Io la definirei incoercibile, non è contenibile in nessun modo, è l'essenza dell'amore universale che si fa carico del dolore, delle debolezze, delle avversità e di tutte le manchevolezze umane e le abbraccia così come sono; le comprende così profondamente e intimamente che le avvolge, le comprende perché le ha vissute.

L'uomo comprende l'uomo!

Dio si è fatto carne nel Figlio, ha vissuto tra noi e ci ha mostrato cosa è l'amore, la compassione e soprattutto il significato profondo del Perdono.

Ma non solo, la storia è ricca di persone illuminate che ci hanno rivelato, attraverso la loro vita travagliata, che l'amore è più forte della morte, poiché ne esce vittorioso.

Solo attraverso l'amore l'uomo può cambiare e arrivare alla pura comprensione e quindi alla verità, poiché l'amore è verità assoluta e sopravvive alla morte.

L'uomo è al di sopra di tutto, sta a lui elevarsi; non ci sono cancelli chiusi, tranne quelli della sua mente.

L'umanità osservata da un punto di vista olistico non è rappresentata da un pensiero dicotomico, odio o amore, bianco o nero, ma è creata e si nutre di sfumature meravigliose, vive di mutevolezze e cambiamenti e in questi si riconosce ed evolve. Non tentiamo di ragionare come ieri, osserviamo le cose da altre prospettive, viviamo i cambiamenti come nuove possibilità. L'uomo non è fatto per crogiolarsi nelle sue certezze, ma per capire i punti di vista dei suoi simili e accettarli senza giudizio, senza critica, senza cattiveria. Noi siamo gli altri.

"E sono nato e sono morto
E sono stato abbandonato e poi curato
E ho perdonato e mi sono vendicato
E sono nato e morto cento volte
E loro erano me e io loro
Infine, ho compreso e ho amato."

OTTAVO CAPITOLO

IL RISVEGLIO DEL SE'

"L'uomo deve imparare a trascendere da se stesso nella scoperta del proprio io interiore e nella scoperta della verità."

"C'è una tristezza nell'animo umano che non trova pace ed è insanabile fino a quando non si affina nella ricerca dell'unione con il Divino."

"Non siate schiavi della rabbia, dell'incomprensione, della gelosia, dell'odio; sono sentimenti che vi affondano, vi pesano, siate leggeri e liberi, trasformateli in possibilità.
Apritevi alla comprensione, non al giudizio. L'amore universale è comprensione."

Facciamo un passo in più, parliamo della nostra vera natura: noi siamo lo Spirito. In questo libro ho cercato di sfiorare tutti i punti principali che permettano una buona riflessione, in tal modo possiamo avere le basi per un risveglio del nostro sé interiore.
Approcciamo tutto questo con curiosità e meraviglia!
Ho iniziato anch'io, qualche anno fa, con la meditazione attraverso il Sahaja yoga, letteralmente unione-spontanea all'universo.
Shri Mataji Nirmala Devi, Madre del Sahaja yoga, ha contribuito alla realizzazione del sé e all'illuminazione di migliaia di persone attraverso questo tipo di meditazione; grazie ai suoi insegnamenti sono riuscita poco per volta a darmi delle risposte, ma la strada è ancora lunga. Vi esorto quindi a provare così come ho fatto io.
Ci sono moltissimi modi di praticare una buona meditazione e di avvicinarci al nostro vero io e sono tutti efficaci purché mettano al centro la parola chiave che è l'Amore, senza giudizio, senza sensi di colpa, senza punizioni e senza mire a un tornaconto personale.
Insegnano semplicemente a percepire noi stessi sotto una luce diversa, siamo Spirito e quindi la nostra vera natura è quella, senza pesi dettati dal mondo materiale. Lasciamo andare tutto quello che pesa, soldi, case, vestiti, pensieri legati alla carriera o al successo personale, sono pensieri secondari poiché noi siamo altro, diamogli il giusto valore, cerchiamo di distaccarcene, osserviamo tutti questi dettagli dalla giusta distanza.

I beni terreni non ci devono possedere, noi siamo liberi poiché siamo spirito e di conseguenza parte del tutto.

Sperimentiamo questa nuova forma di libertà che è l'Universo, il cosmo infinito. Proviamo e godiamo di questa bellezza che non ha confini.

L'amore Divino è per tutti e si fa sentire sempre, più attingeremo da questa fonte di amore inesauribile, più saremo traboccanti e amorevoli verso il prossimo.

Non dobbiamo essere avari nell'amore, spesso ci sentiamo dire di allontanare le persone "tossiche" e negative per noi, ma credo che proprio loro siano quelle che più hanno bisogno di incontrare la fonte dell'amore puro e inestinguibile.

Cerchiamo di essere di esempio, di spunto, non dobbiamo aver paura di donare amore compassionevole. Noi siamo qui in forma fisica per sperimentare, per imparare, non per chiuderci a riccio nel nostro benessere interiore.

Ricordiamo che gli "altri" siamo sempre noi.

Stiamo imparando a piccoli passi, all'inizio ci sarà rabbia, rancore, incomprensione, ci saranno rallentamenti e blocchi evolutivi ma, a poco a poco, tutti comprenderemo che il nostro percorso è in divenire.

Il nostro obiettivo è crescere spiritualmente verso un amore che non ha limiti e si apre all'onnipervadenza in senso assoluto.

A questo punto potremmo chiederci in che modo e in quanto tempo riusciremo ad ottenere questa libertà, questo cambiamento; ebbene non esiste un tempo, i termini di questo passaggio sono le vite nello stato fisico.

"Non c'è fretta per lo stato di meraviglia!"

Ricordiamo che siamo spirito ed è quella la nostra vera natura, di conseguenza il nostro corpo fisico è solo ed esclusivamente un mezzo per imparare, per sperimentare ogni volta con occhi diversi. In sostanza mutiamo pelle, mutiamo situazioni, ceti sociali, ma siamo sempre noi che viviamo la realtà terrena con esperienze di vita diverse.

L'obiettivo è la comprensione, sappiamo bene che per imparare qualsiasi cosa, servono teoria, pratica ed esperienza. Ebbene la pratica è quella che ci permetterà di evolvere e sarà attraverso ogni singola situazione che impareremo a comprendere anche il punto di vista delle persone intorno a noi. Allargheremo i nostri orizzonti e la nostra capacità di tollerare.
Ogni nuova vita è fonte preziosa di insegnamento per la nostra anima.

A proposito di questo, voglio citare il Dr. Brian Weiss, psichiatra di fama mondiale e autore di libri molto esaustivi su queste tematiche.
Uno fra tutti, "Messaggi dai Maestri", non solo a mio avviso è un capolavoro, ma è assolutamente illuminante ed è supportato dalle innumerevoli testimonianze e casi clinici dei suoi pazienti (ore di registrazioni su audiocassette).
L'ipnosi regressiva è il mezzo attraverso il quale sono state raccolte numerose testimonianze sulla reincarnazione, ma il mondo è pieno di persone che hanno avuto esperienze o ricordi di vite passate. Uomini e donne, ma anche bambini che, attraverso queste tecniche, hanno dato un senso alla loro esistenza dapprima caotica e problematica e in seguito consapevole e serena. Molti di loro sono riusciti a fare pace con la vita e a conoscere parte dei loro demoni interiori. Non parlo solo di problematiche emotive ma anche e soprattutto fisiche.
Non sono argomenti complicati e tabù ma possibilità per tutti noi assolutamente sperimentabili, come altrettanto possibili sono i benefici fisici che derivano da questa consapevolezza.
Esorto tutti a mettersi alla ricerca di risposte, conducete questo viaggio, siate ricercatori di verità sempre e avrete le risposte che state cercando.
Percepisco il divino e lo interiorizzo, vedo con quanto amore osserva l'umanità e la abbraccia, vedo la sua grande pazienza nel lasciare ad ognuno il tempo che occorre per raggiungere la sua dimensione spirituale.
Arrendiamoci meravigliosamente all'amore, siamo frutto di quell'amore, dimora in noi e noi dimoriamo in esso, poiché non c'è fine, non esiste la morte in quell'amore.

"Le persone sono cieche e sorde di fronte alla bellezza."

"Siate per gli altri quello che vorreste per voi,
siate l'acqua in un giorno di sole,
siate la spalla consolatrice sulla quale piangere,
siate il cibo per chi ha fame,
siate gioia in un momento di tristezza,
siate la parola che rinfranca e incoraggia, poiché ognuna di queste cose
la fareste per voi."

"Ci allontaniamo da tutto e tutti nel corso della vita per poi arguire che solo nell'Uno acquisiamo identità e vita. Un solo corpo, un solo Spirito."

La vita è un'esperienza avvolta nel mistero, possiamo credere che tutto cessi con la morte o possiamo avere fiducia totale che la morte sia solo un passaggio obbligato e imprevedibile della nostra esistenza terrena e che il breve transitare nel mondo fisico ci permetta di vivere esperienze che contribuiscano alla nostra evoluzione spirituale. Sono fermamente convinta che comprendere il senso profondo della nostra vita ci aiuti a capire anche il significato della morte, che non è la fine ma piuttosto uno stare sia qui che altrove.

"L'anima non si nega nulla."

Lo zucchero è una sostanza cristallina, costituita da tante piccole particelle. Ma è nella coesione di tutti i suoi cristalli che diventa amabile.
Nel momento stesso in cui perde la sua forma solida e si scioglie, raggiunge la sua massima dolcezza e diffonde la sua delizia amalgamandosi con le altre sostanze.

NONO CAPITOLO

UNA STORIA COME TANTE: LA MIA

Nascere con l'assoluto bisogno di essere amati, di piacere, in maniera incondizionata, indipendentemente da tutto.

Per me è stato diverso, desideravo essere accettata, amata così come ero ma spesso i genitori non sono pronti.

Così mi sono rifugiata nei sogni, nella fantasia, nei giochi e nei lunghissimi monologhi con Gesù.

Il bilancio familiare non era dei più favorevoli e io pagavo il prezzo di essere la figlia femmina.

La scuola non mi regalava grosse soddisfazioni, ero lenta e avevo bisogno di più tempo per elaborare.

Le poche amicizie spesso finivano per latitare e poi scomparire del tutto.

Il primo amore arrivava con i suoi colori e la sua magia per poi declinare in mille incomprensioni.

Genitori distratti, più interessati alla forma che alla sostanza; innamorati dello stereotipo di figlia "buona" per antonomasia indipendentemente da cosa questo volesse realmente significare. Nello squilibrio tra aspettative mancate e necessità personali accantonate per continuare a piacere più che a piacermi, iniziavo a manifestare segni di inadeguatezza, venivano a galla con forza dirompente e mi affossavano sempre di più.

Iniziavano i primi disturbi alimentari.

La bulimia portava con sé continui sensi di colpa e frustrazione.

Il lavoro in ospedale come infermiera aiutava ma non sanava e così il tempo trascorreva portandosi dietro un velo lacero di problemi e disillusioni.

Mi sentivo in gabbia.

Un matrimonio di affetto e rassegnazione, quello che tutti si aspettavano da una figlia "buona".

Poi la prima vera gioia vivente: una figlia.

Ma l'angoscia e il senso di disagio che scaturivano quotidianamente da una bassa autostima, non si arrestavano anzi si intensificavano.

Il disturbo alimentare portava con sé una crescente rabbia, mista a un senso di impotenza che mi divorava l'anima nel profondo.

Nasceva il secondo figlio e finalmente vivevo una tregua, mi avvicinavo a un periodo di benessere dato anche dalla lettura interessata e voluta del Nuovo Testamento, la vita di Gesù e i suoi insegnamenti.

Incominciavo a sentirmi amata nel profondo e assaporavo nuove possibilità di vita senza sentirmi sbagliata.

Dopo dieci lunghi anni i miei disturbi alimentari sembravano dileguarsi, mi abbandonavano con dolcezza, non dimenticandosi di lasciare qualche strascico fisico del loro passaggio, con il quale devo tutt'ora regolarmente fare i conti.

Da questo passaggio rinascevo con nuove energie, ma la serenità era ancora un miraggio.

Avevamo deciso di cambiare stile di vita e il nostro trasferimento dal Piemonte al Trentino sembrava aprire nuove strade.

Le cose apparentemente funzionavano bene, ma il senso di vuoto era sempre latente in me.

Dopo tredici anni dalla prima figlia, nasceva la mia terzogenita, voluta e amata.

I figli portano sempre grande gioia e occhi nuovi per osservare il mondo attraverso i loro.

Nascevano nuovi scambi di opinione e disquisizioni con i figli più grandi che in qualche modo facevano naufragare ogni mia certezza e lentamente imparavo ad ascoltare e ad aprirmi senza sentirmi giudicata o giudicante a mia volta.

Poi la svolta, accettando di partecipare ad una serata di Sahaja yoga insieme ad una nuova collega iniziavo a intravedere innanzi a me nuove possibilità e risposte.

L'esperienza meditativa mi permetteva di sperimentare una nuova sorgente di luce e vita, mi trasmetteva amore puro.

Quattro anni or sono dopo oltre venti anni di matrimonio le strade, quella mia e di mio marito, si dividevano rimanendo amicizia e affetto ma anche tanta sofferenza.

La sacralità del matrimonio che veniva meno, mi inabissava, lasciandomi sgomenta.

Si pensa sempre di naufragare e perdersi dopo ogni collisione, ma questa volta era diverso, mi sentivo più forte, non ero più sola, mi sentivo amata come mai prima e mi aggrappavo a tutta la bellezza che avevo intorno e che finalmente ero in grado di vedere.

La Meditazione contemplativa mi aveva dato gioia pura, permettendomi un contatto profondo con l'Universo e in Esso mi smarrivo fiduciosa.

Poi è arrivato l'Amore, quello che ti stordisce, che ti fa sentire viva, che ti fa sentire donna.

Viviamo intensamente ogni attimo, il presente è tutto ciò che abbiamo e dobbiamo onorarlo in ogni momento.

Sono grata a tutto quello che ho vissuto e alle difficoltà che ho incontrato, perché mi hanno permesso di capire cosa significhi vivere, regalandomi anche la forza necessaria per affrontarle. Credo che la chiave di lettura e comprensione dell'altro sia riposta in noi stessi.

Il nostro dolore ci fa grandi nel rispetto della sofferenza altrui.

Probabilmente senza ostacoli la strada verso la consapevolezza e verso la nostra evoluzione spirituale sarebbe molto più lunga.

Desidero lasciare un mio contatto a chiunque vorrà scrivermi, giacché siamo tutti maestri e allievi in divenire.

lally.bo70@gmail.com

Spazio alle tue meditazioni

Spazio alle tue meditazioni

Restiamo in contatto

Ultimare la lettura di un libro, insieme al piacere per averlo letto, rappresenta anche un piccolo dispiacere per averlo terminato ma un'immensa gioia per chi lo pubblica.

Si crea un misterioso rapporto di sintonia tra chi lo scrive, chi lo legge e chi lo pubblica.

Sarebbe interessante poter condividere queste emozioni.

Per questo motivo, se siamo stati bene in questo viaggio letterario, vorremmo invitarti a restare in contatto con noi, iscrivendoti alla community di Facebook "Per chi ama leggere e confrontarsi con gli autori!" (https://bit.ly/3zNFhr3) nella quale potrai farci conoscere i tuoi commenti, gli apprezzamenti e anche le tue critiche, che ci saranno sempre utili, dialogando anche con l'autore dell'opera.

Potrai così condividere con noi quello che la lettura ti ha ispirato e, se ti farà piacere, potremo anche aggiornarti sui nostri prossimi progetti.

Sarà un modo per poter crescere insieme.

Quattro passi nel Giardino della Cultura

Quattro passi nel Giardino della Cultura

Il giardino della cultura
www.ilgiardinodellacultura.com